傷跡

Translated to Japanese from the English version of

Scars

Immane Shiphrah

Ukiyoto Publishing

全世界での出版権はすべて

Ukiyoto Publishing

2023 年発行

コンテンツ著作権 © Immane Shiphrah

ISBN 9789359200996

無断転載を禁じます。

本書のいかなる部分も、出版社の事前の許可なく、電子的、機械的、複写、記録、その他いかなる手段によっても、複製、送信、検索システムへの保存を禁じます。

著作者人格権は主張されている。

これはフィクションだ。名前、登場人物、企業、場所、出来事、地域、事件などは、著者の想像の産物であるか、架空の方法で使用されたものである。実在の人物、生死、実際の出来事との類似性は、まったくの偶然にすぎない。

本書は、出版社の事前の承諾なしに、本書が出版されている形態以外の装丁や表紙で、取引その他の方法で貸与、転売、貸出し、その他の流通を行わないことを条件として販売される。

www.ukiyoto.com

この私の最初の本を、世界中が自殺で失った人々に捧げます。彼らはもっとふさわしい。

承認

うつ病、不安症、自傷行為との戦いの間、いつも支えてくれた家族に感謝している。

まえがき

私たちは皆、苦労している。みんな痛がっている。私たちは皆、空っぽの心に愛を見出そうとし、見知らぬ人の腕の中に身を置こうと願う、壊れた人間にすぎない。私たちにとって、人生は決して楽なものではない。時には、死んだ方がましだと思えることもある。でも、これを読んでくれているみんなに大きなエールを送りたい...。まだ生きていて、まだ戦っている。自殺という選択肢はない。君は高いところに到達するためにあるんだ。愛が近づいている。癒しはドアの前にある。雲は晴れ、一筋の陽光が射した。素晴らしい一日が待っている。だから諦めてはいけない。持ちこたえ続けるんだ。一歩ずつ、この混乱を乗り越えていこう。神はすべてを見ている。彼はすでに手を動かしている。すべてうまくいく。どうか希望を失わないでほしい。

コンテンツ

胸の中の鳥	1
月 - 夕暮れの戦い	4
あなたは何者か	6
蝶 - 美しい	8
私の帆に吹く風	10
ハンナ・ベイカーへの公開書簡	12
フェニックス	16
18歳になる	17
泣きながら後ろに回る	19
花びら	20
星	21
彼女は死んだ	22
それでも私は立ち上がる	25
旧	28
私たちは同じではない	30
愛されている	31
ハルト	33
最高の笑顔	34

Immane Shiphrah

胸の中の鳥

私の中にあるのは奇妙なものだ

この鳥はとても野性的で、決して飼いならすことはできない。

それは羽ばたき、私の心臓の両脇を打ち、私が完全に崩れ落ちるまでそうする。

メットセラピスト．彼女はそれをうつ病と呼んでいた。彼女は「解決策を見つけるために殺す」と言った。

鳥は私の一部であり、死なせるわけにはいかない、飢えさせるわけにはいかない。

2　傷跡

私は命を奪うには惜しい人間だった

私は日々、ゆっくりと死んでいった。

私は毎日、心のかけらでその鳥に餌をやった。私の胸の中では小さすぎたその鳥は、大きく成長した。

それは鳥のもので、私のものであれば何でもいい。その間、私はとても苦しんでいた。

しかし、私が続けられたのは、少なくとも正気でいられたからだ。でも今、あの鳥が私の頭を切り裂いた。

私がベッドに横たわると、彼女は考えを話し始めた。彼女は私の頭の中で行進する悪魔を産んだ。

私は痛みに苦しみ、死を懇願した。彼女は私の心を少しずつ食べていった。 ゆっくりと私の世界は暗くなっていった。

セラピストの言葉が頭の中で鳴り響いた。

だから、寝る前に彼女がくれた薬を飲んだ。私はポジティブでいようとした

あまり過敏にならないようにしていたんだ。

翌朝、目が覚めて愕然とした。 頭が空っぽで、心も空っぽだったんだ

鳥はどこに行ったのですか？

敵よりも味方だった。そのときめきがないと、私の心は空虚になる。

悪魔の行進がないと、心が重くなる。

頭の中の声がなければ、孤独を感じる。体の中に鳥がいなければ、私の一日は実に不機嫌になる。

胸の痛みがなければ、感覚が麻痺してしまう。

鳥に殺されそうだった。鳥を殺してしまった。

傷跡

月 - 夕暮れの戦い

赤い川が空を流れる

夕日の傷口から滴る血。

昼は夜との戦いに敗れた。

太陽の軍勢は、自分たちのリーダーが切り倒されるのを見てあきらめかけた。 光の王国の兵士たちは後戻りした。

突然、一人の兵士が立ち止まり、後ろを振り向いた。

光の王座陥落を阻止するため、彼はたった一人で夜の軍勢に突撃した。

その勇敢な兵士は、たった一人で戦いを挑んだ。暗闇の海をその輝かしい輝きで満たす。

そんな勇姿を目の当たりにして、太陽はすぐに回復した。

触発されたライトの軍隊は戦場に向かった。

調子を取り戻す

この偉大な戦士は実に素晴らしいものだった。

戦争は光に有利な形で終結した

闇が隠れ、夜が明けた......。これは、夕暮れ時の戦争が夜明けの光の勝利で終結するまでの物語である。

忘れてはならないのは、リスクを冒してまで試合を続けたのはムーンだったということだ。

6　　　　傷跡

あなたは何者か

私はずっと自分の人生に溶け込もうとして生きてきた。

でも、私はみんなと違っていた。100万の星のひとつになりたかったのに、自分が太陽だとは知らずに......。

ママはおとぎ話や昔話を読んでくれた、

「ありのままの自分でいい

人生は長い旅路であり、どんな傷跡にも美しさがあることを学んだ。

時間が癒してくれると言う人もいるけれど、時間が経てば経つほど悪くなるばかりだ。

晴れた日に、長袖のシャツを着て。

毎日が戦いの連続で、息苦しかった。

自分は決して十分ではないと自分に言い聞かせるようになった。

遠くへ行くつもりで頑張っているんだ。

死にかけても、心臓は動いている。

私は彼が最初からコントロールしていることを知っている。

ああ、なぜ私たちは憎むのだろう、

今すぐ光を広げよう。

私たちの頭を駆け巡る疑念の数々

,

しかし、私たちの愛でそれを勝ち取ろう。

傷跡

蝶 - 美しい

私は蝶を見た。彼女はなんて美しいんだろう。彼女の翼は羽ばたいた。

そうだな...

彼女は美の定義だと思った。彼女が優雅に風に乗って動くのを見ながら...。

突然、蜂の鳴き声が聞こえた。腹が立って振り向くと、こんな光景が目に飛び込んできた。

働き蜂で、家族に愛情を注ぐ......。

私は「まだ」と思った。　美しい蝶、彼はできる

決して　　　".
しかしその瞬間、何かが自分の中で話し始めた僕は...
美は目に見えるものによって決まるのではない...。
それはむしろ、どこか深いところに隠された感情なんだ......。

私の帆に吹く風

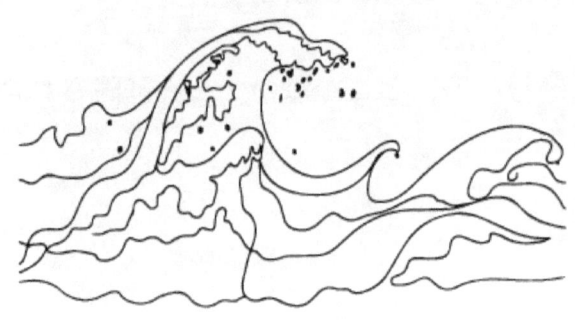

いつも多すぎたり、少なすぎたりする。

完璧すぎるか、混乱しすぎているか。海を航海しながら、私は帆から目を離さなかった。

風が私のボートを動かし続けた。

でも、今日の海はとても荒々しく、強風が私の帆を裂いてしまった。私はデッキに立った、

大海原の中で、私は一点のシミだった。波がサイドを打つ、

下の木にひびが入った。潮騒の中で叫んだ

私の悪いところを許してくださいと神に懇願している。突然、神は私に死を祝福し、私は海の底に沈んだ。

だから、もし僕がその場所を通ることがあったら、僕の話を聞いてほしい。

海の威力を警告する

そして、その中で自分はただの一粒であることを思い知らされる。

12 傷跡

ハンナ・ベイカーへの公開書簡

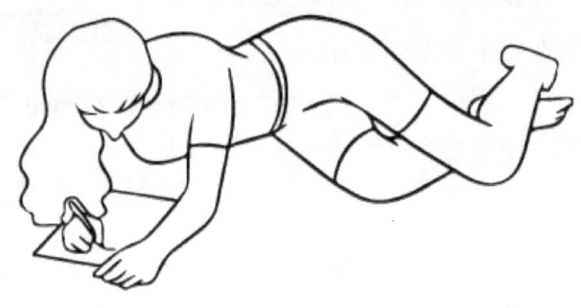

ハンナ、こんにちは...

私の口では言えなかったことをすべて伝えてくれて、本当にありがとう...。

あなたはとてもいい子だった。でも、血まみれの世界は、あなたが奇跡であり、優雅に動いていたことに気づかなかった...。

彼らは必要なときにあなたを使い果たし、そして単にあなたを捨てた......。

彼らはuを少しずつ壊していった...。

あなたの心、あなたの魂、そしてあなたのすべ

ての道......。
彼らはあなたの人生を台無しにした。
一日も休まず...。
すべての人が、あなたは臆病者だと言うとき...」。
勇ましいな...。
真のファイトを見せたからだ
毎日、毎日、すべてを持ちこたえる。
長い間生き延びていたんだね...驚いたよ...
僕は......自分を切るために、長い時間をかけて......切らなかったんだ。
彼らはあなたが幸せだと思っていた
しかし、それがすべてニセモノだとは知らずに......。
あなたは、理解者だと思っていた人を見つけた...。
あなたを安心させてくれたあの人...。
しかし、彼の努力はあなたを助けることはできなかった。
あなたが死ぬ日、あなた自身が殺される日...。
Uはあまりにも早く私たちのもとを去った...

傷跡

。
その日の直前...
その理由は...最後に残るのは...
Uは13人で去り、12人で残った。
私のは100万対8の割合だが......。
どうすればいいんだ......。
去るのか、残るのか？
ハンナ...がんばるわ。
同じ過ちは繰り返さない......。
最後の日まで生きられるように頑張るよ...。
私の理由が、私の留まる理由と同じになる日......。
君がしたことすべてを誇りに思うよ...。でも、言いたいのは...。
その13の理由とは...
それで身を切って死んだ......。
すべては嘘だった......彼らはあなたの人生に値しない......」。
あなたがバスルームに入ったその日、私があなたにこのことを伝えるためにそこにいたことを願っている。

ブレード１パック...
すべてのことを終えて
親愛なるハンナ、あなたはここにいる運命だった......。

16　　　　　傷跡

フェニックス

手足が折れ、翼が裂けても

彼女はこの混乱の中を足を引きずりながら進み、あるべき場所にたどり着くだろう。

彼女は自分の土台が揺らいでいることを知っている、

彼女は消去して次に進んだ。でも、彼女はベストを尽くしている。

いつか世界は目撃する

強く生き続けた少女の伝説的な物語......それはどんなに素晴らしい光景だろう、

炎から立ち上がり、不死鳥のように生まれ変わる彼女。

18歳になる

彼女は18歳になった...

叶わぬ破れた夢を抱いていた彼女の痛みは真実だったが、彼女はそれを隠していた。

彼女は自分の傷が癒しがたいものだと悟った...。

彼女の心は傷つき、彼女はUが奪った幸福を盗みたいと願った。

しかし、あの誕生日の夜、彼女はこう言った。

彼女は強く抵抗した

全身全霊で

傷跡

ただ死ぬだけではないことを見せるために...
最後の夜にするために...彼女はずっと恐怖に
打ちひしがれていた。午前3時...いつものよ
うに目を覚ました...

悲しい歌を聴き、心を痛めながら、彼女は特別
な日に何の違いも見出せない。

彼女は耐えられないほど壊れてしまったんだ
......。

ケーキを切り分けるとき、彼女は微笑んだ

でも、あなたは彼女のその笑顔について何も知
らなかった。

ロウソクを吹き消した

目を閉じ、願い事をした。

すぐに去ること、そして留まらないこと

あなたは"なるようになれ"と言った......あ
なたが望んだように......」彼女が消え去るこ
とを望んだとは知らずに......。

泣きながら後ろに回る

人々はとても意地悪で、彼女になぜと尋ね続けた

それが彼女を死に追いやった。

彼女はまだ17歳。スクリーンの中で笑いながら、嘘をつく方法をよく知っている。

彼女は泣くために後ろに行く...。

花びら

彼女は美しくなりたかった
でも、人は欠点を見つけるのが得意だった。
しかし、彼女はいつも物足りないと言われてきた。
彼女は尊敬されたかったが、いつも踏みつけられた。
彼女は生きていたかった！

星

あなたは美しい、ありのままのあなたで

壊れた破片と傷跡で

それらは壊れた部品にすぎない。

彼らは夜通しあなたを見つめているだけで、太陽が輝いているときにはあなたの存在を忘れている。

でも、だからといってスターでなくなることはない。

彼女は死んだ

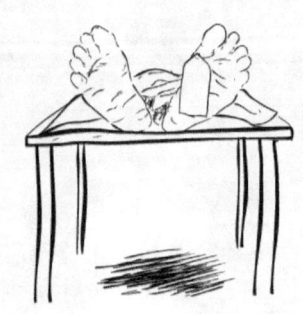

彼女は死んだ

あなたが昔知っていたあの小さな女の子。すべてはあなたの頭の中にある

あの子はもういない。

彼女は痛みを和らげるためにあらゆることを試みた。

しかし、彼女は脳を支配する声に縛られるしかなかった。

あなたの庭は晴れだったが、彼女の庭は雨だった。祈り方を知らなかったが、神に懇願した。

彼女が徐々に餌食になりつつあるのは明らかだった。

勝利に踊るあの怪物に、彼女の努力は無駄になった。

彼女は恐怖が消え、生命が持続することを望んでいた。

しかし、かわいそうに、彼女は腕から血とその汚れを洗い流した。

この影と生きるのは簡単じゃない

スムーズで風に吹かれているように感じたのに、ハリケーンと化した。

憂鬱が深く突き刺さる

パーツごとに、完全に壊れてしまう。この小さなレディを疑ってはいけない。彼女は星のどこかにいる。

しかし、自分がどうなってしまったかを見るのは、彼女にとって苦痛だろう。

このまばゆい色彩の世界で

私の庭は黒とグレーの花でいっぱいだ。この奇妙な少女に聴こえる唯一の音楽

滴る涙の弱々しい音　孤独な少女の静かな悲鳴

この人口が増え続ける広い世界で。彼女は泣き、憂鬱は笑った

彼女は努力したが、決して十分ではなかった。

だから、あの少女は薬に頼った。何も役に立た

なかったようだ、

天も静止した。彼女は一人残され、泣いた。

彼女はあきらめないと誓ったが、私は彼女があきらめるだろうと確信している。

胸に重くのしかかっている重荷を、彼女は表現しようとしている。

Immane Shiphrah

それでも私は立ち上がる

彼女が目を覚ますと、太陽が灰色に変わり、足元の地面が割れていた。

その朝、鳥たちは鳴かなかった

翼が折れて飛べなかったのだ。水仙は歓喜をもたらさなかった

波は穏やかな海の中で消えていった。その朝、悪魔が通りを歩いていた。 闇が一瞬、光に打ち勝ったように見えた。

ジョイの姿はどこにもなかった。

目を覚ますと、目の下にクマができていた。太ももの切り傷から滴る血

割れたボトルが散乱し、ウイスキーやワインがこぼれる。

アディクションはゲームをした、

しかし、少なくともこの事実は変わらない。色彩が変化するこの世界で、うつ病は不変の殺人者であり続ける。

彼女が初めて倒れた翌朝

ドラッグに溺れ、やりたい放題。

幸せそうな人はみんなダサい。

日差しはビームから一筋の光に変わり、一日のあらゆる場所を闇が満たした。

しかし、彼女を努力をあきらめた少女と勘違いしてはいけない。

心の中では泣いていたのに、彼女は微笑んで笑った。

彼女は最期まで戦うファイターだ。常に死を考えていると、物事が明るくなる。

親愛なる彼女へ、

あきらめないで。あなたの話にはまだ続きがある。世界を黙らせ、あなたの栄光を歌い尽くす。

ここで終わりにするつもりはないだろう。私は

立ち上がるのだろうかという問いの中で、あの少女が叫んでいた。

それでも私は立ち上がる。

傷跡

旧

過去の写真を見て
なぜこのようなことになったのか
私の目は燃えるような欲望で夢を見ているように見えたが、私の心は私の心の火を消した。

私はいつも年を取りたがっていた少女だった。
子どもはもっと大変で、人は大胆に成長するものだと思っていた。
でも、成長することがあまりにつらいことだとは知らなかった。

子供の頃、私は微笑んだ

私の笑顔は本当だった。今はただ、元気なふりをする

でも、日々、一線を越えることに近づいている。

傷跡

私たちは同じではない

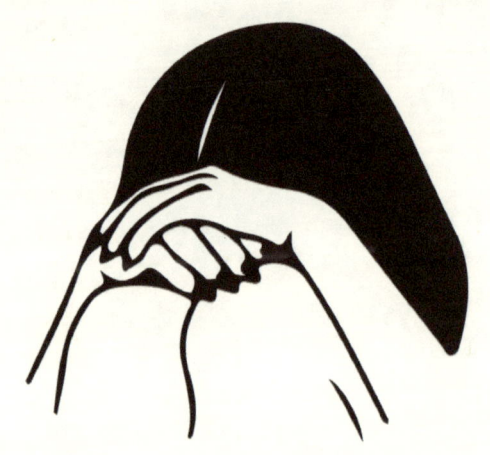

私を見て、あなたを見て 私たちは同じではない

これが理解してもらえることを願っている。
沈黙を選んだから

だからといって、話したくないわけじゃない。

私の重荷は岩をも砕く。自殺は小さなことではない。

誰かがいなくなり、あなたがもたらすことのできない人生に。痛みが増し、正気を失わせる

血の涙で、私の心は沈んだ。

愛されている

一息つくのもつらい

私の心はぐちゃぐちゃで、傷跡は果てしなく出血し、ボロボロになっていく。

これは、笑顔のふりをして、決して受け取らない孤独な友人のためのものだ。

大丈夫だ

すべてうまくいく 大丈夫だ

もう少しで戦いに勝てる......大丈夫だ

しっかりつかまっていれば大丈夫。

この荒れた夜を耐えるんだ。

親愛なる友よ、希望を探している人、愛を探している人

きっとうまくいく

あなたはすでに愛されていることを知ってください。

ハルト

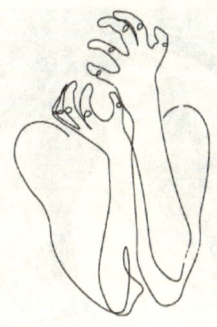

痛いんだ...。
誰かを愛しているのに、その人がするのは
醜いと感じさせ、ゴミのように扱う...。
そして...もっと痛いのは
あなたはまだその人の後ろを走り続けている。
私はそれを手放すことを学んでいる
手にした羽を窓の外に......。
その方が痛みは少ないだろう
もしナイフで私の胸を刺したら......。

最高の笑顔

彼女は18歳のとき、あまりに多くのことを抱えすぎて、それに耐えられなくなった。

世界は彼女を愛し返さなかった

彼女が世界を愛したとき、すべてがどうにか変わるその日を、彼女はいつも願っている。

そして、彼女の背中を愛するだろう

彼女は雲に隠れた太陽の光だった。

彼女は強くあろうとしたが、すべてがうまくいかなかった。

彼女は雲に隠れた太陽の光だった。

彼女は100万の疑念を隠す最も明るい笑顔を持っている。

www.ingramcontent.com/pod-product-compliance
Lightning Source LLC
LaVergne TN
LVHW041641070526
838199LV00053B/3498